AF395001

Pasos Mortales

PASOS MORTALES

Gastón Maceira

Editorial: BoD · Books on Demand, Calle de Manzanares,
4, 28005 Madrid, bod@bod.com.es
Impresión: Libri Plureos GmbH, Friedensallee 273,
22763 Hamburg (Alemania)

ISBN: 978-84-1092-069-9

PASOS...

Capítulo

PRÓLOGO

Esta historia transcurre en una ciudad ficticia y gira en torno a un personaje que, aunque no es real, refleja algo de cada uno de nosotros.

Ronson, el detective, investiga crímenes profundamente enraizados en las debilidades humanas y en el abuso del alcohol, entrelazados con los misterios de una organización que protege la identidad de sus miembros.

Para los fines de esta novela, hemos tomado la libertad de romper esa regla, una licencia creativa que nos permite explorar los oscuros matices de la justicia, la culpa y la redención en un mundo donde nada es lo que parece.

"El vino es el amigo del sabio y el enemigo del borracho. Es amargo y útil como el consejo del filósofo, está permitido a la gente y prohibido a los imbéciles. Empuja al estúpido hacia las tinieblas y guía al sabio hacia Dios"

-Avicena-

INICIO

-¡Alto ahí… detente! ¡No des un paso más!-

Gritó el Inspector Ronson con voz ronca y agitada, tras la extenuante persecución del sospechoso. Con su ropa manchada de sangre, éste continuaba escapando desesperadamente a través de la fría y desolada noche en la ciudad. Cual carrera de obstáculos, el perseguido y el perseguidor sorteaban vehículos y unos pocos transeúntes que se interponían en su camino; dejando tras de sí, el eco del sonido de sus pasos resonando en el aire.

La feroz persecución era un duelo de voluntades y resistencia física. El fugitivo corría con desesperación, su corazón latía con fuerza y cada pulsación resonaba en sus oídos como un tambor atronador. Detrás de él, Ronson, continuaba persiguiéndolo de cerca, con pasos firmes y decidido a no dejarlo escapar.

En su desesperada huida, el prófugo buscaba una escapatoria. A medida que avanzaba, las calles se estrechaban, cerrándose a su alrededor y envolviéndolo en una oscuridad que parecía devorarlo.

A lo lejos, en medio de aquella penumbra, divisó un callejón lateral, y sin saber que le esperaba decidió tomarlo, con la esperanza de despistar al Inspector.

Para su desafortunada sorpresa, lo que encontró lo paralizó al punto de dejarlo sin aliento. Un imponente muro, tan alto, imposible de trepar, se alzaba frente a él, bloqueando cualquier posibilidad de escape.

En ese momento, su cuerpo se detuvo, su respiración se volvió entrecortada, como si el aire se le escapara, dejándolo ahogado en su desesperación. Un escalofrío recorrió su espalda al darse cuenta de que no tenía salida. Sabía que su tiempo estaba contado.

Ronson, a su vez, avanzaba como un cazador tras su presa, con una pisada fuerte y sin pausa.

El sospechoso, conteniendo la respiración e intentando calmarse, se giró lentamente hacia su perseguidor.

En ese momento, el mundo pareció detenerse mientras los dos hombres se enfrentaban en duelo de miradas, bajo un tenso silencio.

Entonces, en un instante fugaz y a la vez eterno, Ronson lo miró fijamente a los ojos y…

Capítulo 1

SECRETOS REVELADOS

Dos años antes…

Como cada mañana, con la llegada de los primeros rayos del sol, el estridente timbre del despertador sacudía el silencio, anunciando el comienzo de un nuevo día para Ton Ronson, detective e investigador criminal.

Con la precisión de un reloj suizo, se ponía en pie y se dirigía a la cocina. Mientras la cafetera burbujeaba, el aroma del café recién filtrado impregnaba el aire matinal.

El detective aprovechaba ese breve lapso de la mañana para organizar mentalmente su jornada. Durante esos minutos, planchaba su camisa y preparaba su traje con esmero, asegurándose de que cada detalle estuviera perfecto antes de salir por la puerta.

Frente a un gran espejo en su habitación, se arreglaba meticulosamente, ajustando su largo abrigo y su corbata al cuello, procurando una prolijidad absoluta, demostrando ser muy detallista.

Ronson era un hombre solitario, que pasaba la mayor parte de su tiempo en el trabajo.

Su pequeño y cálido hogar, situado en una zona céntrica, rodeado de altos y grises edificios, estaba envuelto en el constante murmullo de automóviles y trenes.

Una fría y húmeda mañana de otoño, salió a la calle como tantas otras veces rumbo a su trabajo. Mientras caminaba hacia la oficina, la densa niebla que envolvía la ciudad en un manto grisáceo y pegajoso lo abrazó; apenas pudiendo ver con claridad unos pocos metros.

De repente, un fuerte y agudo sonido, similar a un disparo, rompió el silencio de la calma mañana, seguido por varias detonaciones ininterrumpidas.

En medio de la espesa niebla, Ronson distinguió la figura de dos hombres en una situación inusual: uno de ellos yacía en el suelo boca abajo, mientras que el otro emprendía una desesperada huida.

Sin perder tiempo, se acercó al cuerpo que estaba tumbado sobre el suelo; rápidamente le tomó el pulso en el cuello, y pudo confirmar que el individuo había fallecido.

De inmediato se lanzó en la persecución del asesino, corriendo por las estrechas y empedradas calles con una feroz determinación.

La densa bruma se convirtió en su mayor obstáculo, ocultando al criminal de su vista y dificultando su captura.

Tras el intento frustrado por atrapar al homicida, que logró escabullirse en el interior de la ciudad, Ronson regresó al sitio del crimen.

En el trayecto telefoneó a su antigua oficina de la división de homicidios, y habló con un policía recién incorporado. Éste lo conocía por las historias y anécdotas de sus ex compañeros. Le mencionó el asesinato que había presenciado y pidió que enviaran una patrulla a la brevedad.

Al observar atentamente el cuerpo de la víctima, una sensación de familiaridad lo invadió rápidamente; las prendas que llevaba puestas, le eran vagamente conocidas. Presentía que era alguien cercano.

Con el corazón en un puño, registró los bolsillos de la víctima en busca de algún documento que confirmara su identidad, ya que no podía manipular el cuerpo, ni girarlo para poder ver su rostro.

Al registrar su cartera y extraer sus documentos, sus ojos no daban crédito a lo que veían; en ese momento un fuerte dolor atravesó su pecho, y el golpe final: la víctima era su amigo Jack. Las lágrimas llenaron los ojos de Ronson, y la tristeza se apoderó de su corazón.

Jack, su colega y amigo de más de diez años, había sido asesinado.

Mientras los paramédicos y policías se dirigían al lugar, la niebla comenzaba a disiparse y la multitud se agolpaba alrededor.

Jack, un hombre peculiar y dedicado a los casos más difíciles, con más de cuarenta años en servicio, estaba a punto de retirarse.

La amistad que compartían hacía que la noticia de su muerte fuera aún más dolorosa para el detective Ronson.

Él se quedó parado junto al cuerpo de su difunto amigo, y su mente se llenó de recuerdos de los años que habían pasado juntos; las largas noches de trabajo en la oficina, los debates sobre aquellos casos complicados y las celebraciones de los éxitos conseguidos.

Jack no solo había sido su compañero de investigación, sino también su mentor, su guía y su amigo más cercano.

¿Quién podría haber querido hacerle daño, y por qué?

Las preguntas acaparaban su mente, pero las respuestas estaban fuera de su alcance.

La policía llegó rápidamente al lugar, cercando el perímetro en busca de alguna pista y comenzando así su investigación de inmediato.

Ronson, en estado de shock y con la mente casi en blanco, les proporcionó la escasa información que pudo recordar sobre lo que había presenciado durante los hechos de esa mañana.

Cada detalle era importante, cada pista era crucial para identificar y atrapar al asesino de su compañero y amigo Jack.

El detective llegó a su oficina un par de horas más tarde de lo habitual, aún con la mente aturdida por lo sucedido. Caminaba lentamente, con una profunda tristeza, sin poder creer ni comprender lo que había ocurrido; con los ojos llenos de lágrimas, que amenazaban escaparse en cualquier momento. El peso del dolor y la incredulidad lo acompañaban en cada paso mientras se dirigía hacia el despacho de su difunto compañero.

Al ingresar, el aire estaba impregnado del recuerdo de su amigo. Las fotos en la pared y los reconocimientos por casos resueltos, todo le hacía recordar la brillante carrera que Jack había tenido.

Ronson se dejó caer en su silla, dejando escapar un suspiro pesado mientras se recostaba y cruzaba las manos detrás de la nuca.

Una avalancha de recuerdos lo envolvió; cada momento compartido con Jack pasaba por su mente como un torbellino de emociones. La nostalgia lo abrazó con fuerza, entremezclada con un dolor agudo por la ausencia de su amigo.

El vacío dejado por su partida se hacía palpable en cada rincón de la habitación.

Fue entonces cuando sus ojos observaron una nota sobre el escritorio.

La curiosidad lo invadió y la tomó entre sus manos. Con una mezcla de intriga e inquietud desbordadas, abrió la nota y comenzó a leer.

A medida que sus ojos avanzaban por las líneas del papel, su rostro cambiaba gradualmente. El corazón se aceleraba y el aliento se le cortaba en la garganta mientras leía cada palabra escrita...

"Querido Ton,

Si esta carta ha llegado a tus manos, lamentablemente ya no estoy entre ustedes. Quiero que sepas que mi vida tuvo sentido gracias a cada caso que resolvimos juntos y a los momentos que compartimos. Estoy muy orgulloso y agradecido de haber sido tu tutor y compañero.

He guardado dos secretos, y no sabes cuánto lamento no habértelos podido contar...

Hace años, comencé a experimentar algunas dificultades; me costaba mucho concentrarme y pensar con claridad.

Mi memoria empeoraba cada vez más, y no tenía otra opción que anotarlo todo. También me resultaba muy difícil conciliar el sueño, perdí el apetito e incluso muchas veces sentía náuseas; bajé mucho de peso y podría seguir con una larga lista de síntomas.

Tras someterme a varios exámenes, los médicos encontraron que mi hígado está dañado de forma irreversible.

Me dijeron que, con tratamiento, podría vivir algunos años, pero también me advirtieron que la enfermedad ya estaba muy avanzada y quizás el tiempo no estaría a mi favor...

El otro secreto es un caso del cual nadie sabe que estoy investigando.

Hasta ahora, ha sido el más complicado que he tratado, y el único que no he podido resolver. Solo encontré una pista, o lo que creo que podría ser una, ya que jamás descubrí una huella; lo que sí te puedo asegurar es que su modus operandi se repite en cada caso.

En mi oficina encontrarás algunos archivos; lo poco que hay está muy bien detallado, pero ve con cuidado, el asesino no suele dejar pistas, por lo que las pruebas son muy escasas.

Seguramente habrás notado que desde hace un tiempo estuve muy ocupado y sin tiempo para nuestros trabajos conjuntos. Se debía a estas situaciones que ahora te estoy revelando..."

Y concluyó su carta…

"Perdón por haberte dejado al margen de toda esta situación, no sabía la manera de decírtelo… hasta la próxima querido amigo!"

Ronson atónito por lo que acababa de leer, no pudo contener sus lágrimas. Esa carta, esas líneas, no era otra cosa, que una carta de despedida de su gran amigo y colega Jack. Aun sin poder creer lo que había leído, se dispuso a encender el ordenador de Jack, y tal como describía la carta, la cantidad de información que había allí era muy variada.

No solo encontró todos los estudios médicos que le habían realizado, sino también los archivos del caso en el estaba trabajando su compañero, si bien esta información era escasa, estaba meticulosamente detallada.

Procedió a copiar cada uno de los archivos que contenían la información del caso y se retiró a su despacho.

Al día siguiente, Ronson regresó a su antigua oficina de la división de homicidios, donde lo recibieron muy cariñosamente sus ex compañeros expresando sus condolencias.

Todos recordaban con afecto a este detective meticuloso, inteligente y muy afable, con quien habían trabajado durante años a la perfección; hasta que Ronson decidió seguir el camino de la investigación privada.

Les habló del asesino que había descubierto entre los documentos de Jack, y juntos decidieron unir fuerzas para esclarecer tanto su crimen como el del asesino que Jack investigaba. Este último, además, coincidió con el caso en el que ellos trabajaban sin éxito hasta el momento.

En la división de homicidios, todos apreciaban a Jack, a quien también conocían en profundidad.

Le ofrecieron un acceso libre a toda la información que dispusieran y estuvieron complacidos de volver, de alguna manera, a trabajar juntos.

De regreso en su oficina, abrió el cajón del escritorio y sacó su arma, guardándola en el bolsillo de su chaqueta. También tomó su vieja placa policial, pensando que quizás le sería útil en algún momento.

Durante días, pasó de sol a sol sumergido en el análisis de cada documento y de cada archivo.

Estudió cada página, cada letra, buscando desesperadamente una pista que lo acercara al homicida, el que su compañero llevaba investigando desde hacía ya un largo tiempo.

Sin embargo, a pesar de su arduo trabajo, no encontró nada que pudiera identificar como una pista sólida.

Con el pasar de los días, a medida que avanzaba la investigación, Ronson poco a poco pudo encontrar cada vez más coincidencias que denotaban el modus operandi del asesino, tal como le había descrito Jack. Comenzó a comprender su forma de actuar, pero aún se enfrentaba a preguntas sin respuesta.

¿Cuál sería el patrón que utilizaba para elegir a sus víctimas?

¿Quién sería el siguiente en caer bajo su oscuro destino?

¿Por qué el asesino actuaba de esa manera y qué lo motivaba a cometer tales atrocidades?

A pesar de sus esfuerzos, no logró comprender por completo la carta que Jack le había dejado, en la que le hablaba de su enfermedad, un asunto del que nunca le había comentado, y de un curioso caso que estaba investigando.

Era claro que éste tenía una enfermedad terminal, pero era evidente que había sido asesinado.

Decidido a descubrir la verdad, se dispuso a estudiar ambos casos.

Examinando minuciosamente las fotografías y los archivos que Jack estaba investigando, Ronson notó un detalle intrigante: el asesino, aunque nunca había dejado una pista significativa, siempre dibujaba cuatro letras, sugiriendo lo que posiblemente fuera su marca.

Junto a cada víctima, de una forma peculiar y muy mal escrita, aquellas letras unidas expresaban la palabra: "BACO".

Cargado de energía y con gran impulso, Ronson se dirigió a la oficina de Jack, tomó una de las fotografías que tenían juntos y la miró; prometiéndose a sí mismo que resolvería el caso que su amigo había estado investigando, así como también develar el misterio de su muerte.

No solo por los años de amistad y aprendizaje compartidos, sino también por las víctimas que yacían en el camino de este despiadado asesino.

Con esa promesa, se sumergió aún más en la investigación, decidido a desentrañar los oscuros secretos que rodeaban a ambos casos y encontrar justicia para su amigo y las víctimas, evitando así futuras muertes.

Capítulo 2

"EL FANTASMA"

Aún en estado de profunda angustia por lo sucedido y habiendo transcurrido algunos días de la trágica muerte de su compañero, Ronson revisó nuevamente el informe de la autopsia.

La causa de la muerte fue una bala en el corazón, disparada por una pistola calibre .45. El arma nunca fue encontrada, lo que frustraba enormemente al detective.

Decidió visitar nuevamente la escena del crimen en busca de alguna pista que pudiera haber pasado desapercibida, no pudiendo encontrar nada nuevo.

Entrevistó a testigos y vecinos en los alrededores del lugar donde Jack fue asesinado, aunque muchos recordaban haber oído varios disparos, lamentablemente nadie había visto nada.

La falta de testigos visuales directos hacía que la búsqueda de pistas e información fuera más complicada.

De vuelta, en la oficina, lo primero que le vino a la mente fue relacionar lo ocurrido con un caso en el que trabajaba junto a Jack, un caso importante relacionado con la distribución de estupefacientes en la ciudad. En este grupo había un sicario famoso por su habilidad para desaparecer sin dejar rastro, conocido como, *"El Fantasma"*.

Determinó que la mejor manera de avanzar era continuar con el caso de la distribución de drogas y *"El Fantasma"*.

Reunió todos los informes de operaciones recientes y encontró que Jack había estado particularmente interesado en una serie de transacciones de drogas, que habían tenido lugar en un almacén abandonado al otro lado de la ciudad. Sin embargo, éste no había alcanzado a informarle a Ronson los últimos datos recabados antes de ser asesinado.

Con esta nueva pista, y con la ayuda de un informante quien le indicó que el próximo martes por la noche se iba a efectuar una nueva transacción; Ronson organizó una redada, con la policía, en el almacén.

La operación fue exitosa y resultó en la captura de varios miembros de la organización, incluido *"El Fantasma"*.

Una vez capturados todos los integrantes de la organización, fueron incautadas armas, dinero y drogas.

Para Ronson, lo más importante era realizar pruebas de balística a cada una de las armas, con la esperanza de encontrar el arma homicida de su amigo Jack.

La espera de los resultados de balística se le hizo eterna; cada minuto parecía durar horas, ya que eran muchas las armas que debían someterse a un examen.

Al llegar los documentos con el informe, sintió un fuerte nudo en la garganta; para su poca fortuna, ninguna de las armas coincidía con la empleada en el homicidio.

Si bien, había atrapado a un peligroso grupo y a este famoso delincuente, *"El Fantasma"*, un sabor amargo se apoderó de él.

A pesar de todos los esfuerzos, seguía sin poder encontrar pistas que lo condujeran al asesino de su compañero.

Regresó a su oficina, sintiendo el peso de la responsabilidad y la tristeza por no haber avanzado lo suficiente.

La frustración y la desesperanza comenzaban a apoderarse de él, pero no estaba dispuesto a rendirse.

La búsqueda continuaba, y aunque el asesino de Jack seguía en las sombras, estaba decidido a arrojar luz sobre la verdad y finalmente traer justicia para su querido amigo.

Capítulo 3

BAJO LA SOMBRA DEL VINO

Ocho meses habían transcurrido desde que el Inspector había comenzado a investigar el caso en el que trabajaba Jack, el asesino serial que se hacía llamar Baco.

En cada amanecer, Ronson se levantaba con el propósito de descifrar el misterio que rodeaba al criminal, pero hasta ahora, cada pista que seguía, parecía conducirlo a un callejón sin salida.

En una gélida noche de otoño, el timbre del teléfono interrumpió el silencio en el hogar del detective. Era uno de sus ex compañeros policías, quien, con voz agitada y alarmada, le informó que el presunto asesino había vuelto a atacar.

Sin titubear, se apresuró a vestirse y se dirigió hacia el sitio del crimen.

Al entrar en la casa de la víctima, el escenario que se desplegó ante sus ojos fue macabro y perturbador.

Los indicios, el cuerpo y los objetos denotaban un modus operandi inconfundible; los corchos que alguna vez formaron parte de una botella ahora se encontraban forzados en la boca de la víctima, acompañados de trozos de vidrio que destrozaban la garganta, privándola del oxígeno vital y haciéndola ahogarse en su propia sangre.

Inmediatamente, sus ojos se posaron en dos objetos que estaban en las manos de la víctima, que le llamaron poderosamente la atención.

En una de ellas, sujetado con el puño cerrado, se encontraba el auricular de un teléfono, con su característico cable en espiral, mientras que en la otra sostenía una Biblia.

¿Qué historia escondían esos dos símbolos en las manos de la víctima?

Atónito y sin poder dar crédito a lo que veía, observó, sabiendo que cada detalle sería crucial para identificar y apresar al asesino.

Esta fue la primera vez que pudo contemplar con sus propios ojos lo que anteriormente había visto en fotografías y documentos recopilados por Jack.

Junto con los médicos forenses, armado de toda su experiencia, escudriñó cada rincón de la habitación en busca de pistas. Fotografió cuidadosamente la escena del crimen, cuidando de no pasar ningún detalle por alto.

Pero una vez más, Baco parecía haber borrado meticulosamente cualquier indicio de su presencia, como si se hubiese desvanecido.

El cuerpo sin vida de la víctima y los objetos en sus manos captaban toda su atención. A su lado, la firma de "Baco" parecía burlarse de su sufrimiento, mientras la boca de la víctima se desbordaba de corchos y fragmentos de vidrio, componiendo una escena perturbadora.

En la vivienda no se encontraron signos de pelea; las puertas y las ventanas no habían sido forzadas.

Uno de los forenses localizó en la cocina un vaso con restos de gaseosa, el cual retiraron para su análisis de laboratorio.

Las únicas huellas digitales encontradas pertenecían al fallecido, lo que indicaba que el asesino había utilizado guantes, o algún otro método para cubrir sus huellas.

De regreso en su oficina, revisó nuevamente los archivos y las notas dejadas por Jack en busca de alguna pista adicional.

Repasó cada palabra, cada detalle, convencido de que algo más se le estaba escapando.

No solo eran los corchos con trozos de vidrio, la firma del asesino, el teléfono y la biblia, algo más debía haber. Quizás no sería una huella o un cabello, pero algo debería estar allí.

Sin embargo, nada parecía revelar el misterio detrás de Baco y sus atrocidades.

Ronson estaba convencido de que su antiguo compañero poseía información adicional más allá de la que pudo extraer de sus archivos y notas; como había ocurrido en el caso de la distribución de estupefacientes.

Mientras examinaba las fotografías del último homicidio, observó algo que no había notado en la escena del crimen: pequeñas gotas en el suelo de un color rojizo, del mismo tono de la firma de Baco.

Surgió la duda de si esas gotas habían estado presentes en las escenas de crímenes anteriores. Para confirmarlo, revisó nuevamente los archivos y examinó cada fotografía en busca de ese patrón recurrente.

Sin embargo, estas gotas aparecían de manera aleatoria, lo que le llevó a cuestionar su relevancia.

Después de analizar exhaustivamente la evidencia, Ronson regresó al domicilio de la última víctima, poniendo especial atención en las gotas de ese líquido rojizo, que desprendían un leve aroma muy particular, como a fruta fermentada, posiblemente asociados con el vino.

La minúscula dimensión de las gotas, lo desconcertó.

De inmediato se puso en contacto con el equipo de investigación forense para obtener más información sobre la causa de muerte de esta última víctima.

La respuesta fue que ésta murió a causa de la destrucción de su garganta y la asfixia resultante.

El examen toxicológico reveló altas dosis de midazolam[1] en sangre, a su vez el laboratorio encontró restos de midazolam en el vaso de gaseosa hallado en la cocina.

Al enterarse de que esta última víctima había sido intoxicada, solicitó al laboratorio los informes de las víctimas previamente estudiadas por Jack.

Los análisis proporcionados por el laboratorio revelaron un patrón evidente: todas las víctimas presentaban altas concentraciones de la misma droga en su sangre.

Era evidente que el asesino sedaba a sus víctimas antes de acabar con sus vidas, lo que explicaba la ausencia de lucha en cada caso.

Con pocas pruebas adicionales en sus manos, Ronson decidió analizar nuevamente la información recopilada por su compañero, en busca de patrones entre las seis víctimas hasta el momento; cinco de las cuales habían sido estudiadas por Jack, sumado a esta última que estaba investigando él mismo. Es así que notó que ninguno de los cuerpos presentaba señales de haberse resistido.

---

[1] El midazolam es un medicamento de la familia de las benzodiacepinas, utilizado principalmente como sedante y ansiolítico.

Unas semanas más tarde, tuvo lugar otro asesinato que sacudió la ciudad, con la firma inconfundible de Baco.

El detective estaba decidido a no dejar pasar ni el más mínimo detalle. Mientras examinaba la habitación donde se había perpetrado el crimen, volvió a notar pequeñas gotas de un líquido rojizo en el suelo.

La víctima era un hombre de unos cincuenta años, vestido con un pantalón de franela gris, ya algo desgastado, pantuflas y un suéter igualmente envejecido. Fue hallado recostado sobre un viejo sofá, junto a él yacía un vaso volcado, del cual se derramaba una sustancia líquida transparente.

Ronson recogió muestras de cada mancha, así como también de la sustancia líquida derramada por el vaso, enviándolas rápidamente al laboratorio para su posterior análisis

Mientras aguardaba con ansiedad los resultados, amplió su búsqueda más allá de la escena del crimen, explorando cada rincón de la vivienda en busca de nuevos indicios que ayudaran en la investigación.

Fue entonces cuando encontró un objeto que parecía fuera de lugar: una jeringa con aguja; con restos de un líquido rojizo oscuro en su interior.

Desconcertado por el nuevo hallazgo, comenzó a preguntarse si Baco había inyectado el misterioso líquido en su última víctima.

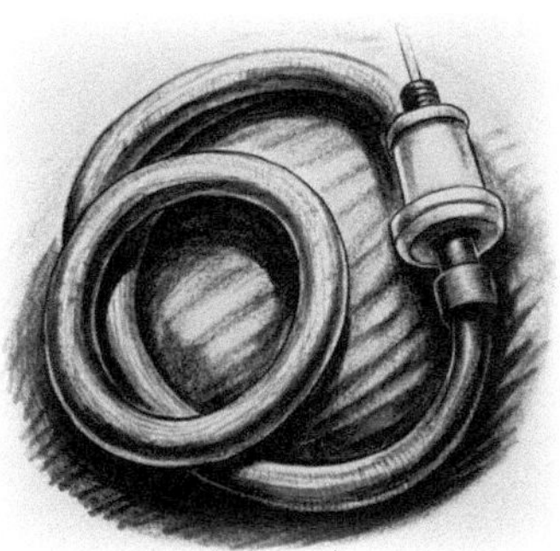

Cuando finalmente llegaron los resultados del laboratorio, descartó la posibilidad de que el asesino hubiera inyectado a su víctima, ya que solo encontraron rastros de midazolam en su sangre.

Sin embargo, los análisis confirmaron sus sospechas sobre aquella sustancia. Ese líquido rojizo oscuro, con un tenue aroma a fermentación y rastros de alcohol, resultó ser vino elaborado a partir de uvas mediterráneas, lo que apuntaba a una mezcla casera sin marca identificable.

El informe del laboratorio reveló que la sustancia derramada del vaso contenía restos de midazolam, con lo que pudo deducir que al igual que las víctimas anteriores, ésta había sido intoxicada previamente a su muerte.

Los resultados forenses confirmaron que la causa de muerte fue asfixia por sangre, además de los restos de vidrio y corchos en la garganta.

¿Qué papel jugaba la jeringa con el vino?

La pregunta rondaba en la mente de Ronson, alimentando nuevas hipótesis y sumergiéndolo aún más en el misterio.

Mientras avanzaba el caso, Ronson luchaba contra sus propios demonios internos, los recuerdos de la muerte injusta de Jack, y su búsqueda de justicia lo atormentaban día y noche, impulsándolo a seguir adelante, a pesar de los desafíos aparentemente insuperables que enfrentaba.

Capítulo 4

LOS DOCE PASOS

"Hasta las mejores pistas, nos llevan solo a otras pistas" [2]

Ya en su despacho, mientras en su vieja radio sonaba la extraordinaria pieza de Beethoven *"Moonlight Sonata"*, Ronson continuó examinando el caso.

De manera meticulosa, verificó cada informe de las víctimas en orden cronológico, buscando desesperadamente cualquier lazo que pudiera conducirlo al esquivo asesino.

En los informes se detallaban las causas de muerte, los exámenes forenses y de laboratorio, junto con la información personal de las víctimas, ya que la policía había logrado identificar a cada uno de los fallecidos.

Se dirigió hacia la pizarra como tantas veces había hecho, pero esta vez despejó cualquier rastro de trabajo previo para dar cabida a los siete últimos casos que tenía entre manos, decidido a resolverlos.

En la pizarra sólo se fijaron fotos, imágenes y documentos de las víctimas relacionadas con Baco.

Con la frustración de no haber podido avanzar, volvió su atención a los detalles que, aunque en su momento no habían ofrecido pistas claras, podrían tener más sentido al ser consideradas en conjunto. Desde la vestimenta de las víctimas, la forma en que habían sido encontradas, hasta los objetos presentes en cada escena, todo podría ser clave.

---

2   Morgan Freeman; Seven, Película, 1995

Fue entonces cuando notó algo peculiar en la escena del primer crimen: al observar las fotografías con detenimiento, visualizó que el brazo del fallecido parecía señalar hacia una botella, posiblemente de vino, que se encontraba sobre una mesa cercana.

Siguiendo su instinto, Ronson añadió la imagen de la botella a la pizarra, marcando el inicio de una nueva línea de investigación.

Observó que la segunda víctima tenía en su mano derecha un rosario apretado en el puño; un detalle que parecía fuera de lugar en una escena aparentemente secular.

Esta discrepancia lo llevó a agregar la imagen del rosario a la secuencia de eventos.

Siguiendo el orden, en el tercer homicidio, le llamó la atención la forma en la que se hallaba el cuerpo: éste yacía en el suelo en posición fetal, como si estuviera sufriendo por alguna dolencia, que también podría ser debido a las heridas causadas por los corchos cubiertos de vidrio.

Además, cabe destacar que tenía las palmas de las manos juntas, como si estuviera rezando.

Tomó esa fotografía y la colocó en la pizarra debajo de la tercera víctima.

En el cuarto crimen, no se hallaron señales evidentes en cuanto a la posición en que se encontraba la víctima.

Sin embargo, en la imagen destacaba la presencia de un espejo que atrajo su atención. El cuerpo se reflejaba de forma nítida e inusual en éste, lo que insinuaba que su colocación no había sido al azar.

Determinado, una vez más, añadió la fotografía del espejo junto al cuerpo de la cuarta víctima, incorporándola al esquema que lentamente iba trazando en la pizarra

Con cada nueva interpretación de las fotografías de las escenas del crimen, Ronson descubría detalles que desafiaban la lógica y lo obligaban a replantear sus suposiciones.

Desde la posición en la que se hallaban las víctimas al momento de su muerte, hasta los peculiares objetos que aparecían de forma aleatoria en cada una de las escenas; cada elemento cobraba una importancia inesperada a medida que se sumaban a la compleja red de pistas.

Poco a poco, la pizarra que contenía las fotografías de las víctimas y las teorías sobre las posibles pistas que había descubierto, junto con las evidencias como la jeringa y los corchos, sumado a la información que había obtenido de los archivos de Jack; comenzó a formar una compleja red de conexiones, como una gran tela de araña.

Esta inmensa recopilación de datos y pistas le proporcionó una visión más amplia y profunda sobre el caso.

Al continuar con el análisis de los archivos, descubrió que la quinta víctima fue hallada en una habitación repleta de botellas de bebidas alcohólicas.

Aunque esto podría considerarse normal en ciertos contextos o para algunas personas, para Ronson, en este punto, resultó ser un detalle no menor, teniendo en cuenta las pistas anteriores.

Tomó la fotografía de la escena, y luego de analizarla cuidadosamente con la lupa, la añadió a la pizarra, colocándola debajo de la quinta víctima.

En cuanto al sexto caso, recordaba que este fue el primero en investigar de este presunto asesino serial. La imagen de la víctima, con una Biblia en la mano y un teléfono en la otra, seguía rondando en su mente, sin encontrar una explicación clara.

Decidió colocar esa imagen en la pizarra, debajo de la sexta víctima, con la esperanza de que, tarde o temprano, pudiera desentrañar el misterio que escondía.

En ese momento, un descubrimiento inesperado cambió drásticamente el rumbo de la investigación.

Mientras revisaba los archivos relacionados con la séptima víctima, un miembro del equipo forense lo llamó para entregarle un pequeño trozo de papel, totalmente escrito, que habían encontrado entre las prendas del difunto.

Este pequeño papel contenía lo que supuestamente era una lista, donde se enumeraban varios nombres y números que parecían ser telefónicos, escritos de manera inusual, sin apellidos ni un orden aparente.

Al final, escrito con un grueso rotulador rojo, había un mensaje inquietante:

"Perdón por lo que les hice"

Esta revelación sugería la posibilidad de que tanto las muertes ya ocurridas como posiblemente las futuras estuviesen relacionadas.

Sin embargo, tras un análisis minucioso, aquella lista no reveló ningún vínculo entre las víctimas mencionadas y los nombres que la misma contenía, pues estos no coincidían.

Determinado a resolver el enigma de por qué este individuo poseía entre sus pertenencias una lista de nombres con un mensaje tan escalofriante, lo llevó a Ronson a tomar acción de forma inmediata y formularse las siguientes preguntas.

¿Quiénes eran las personas que estaban en la lista?

¿Qué rol cumplían en todo esto?

Llamó a cada uno de los números telefónicos, y al preguntar con quién hablaba, descubrió que los nombres que respondían coincidían con los escritos en la lista. Para su sorpresa resultó que todos estaban vivos.

Aunque ninguna de las siete víctimas habían sido mencionadas en la lista hallada entre las pertenencias del séptimo difunto, Ronson no perdió ni un segundo. Intuyó que aquellos nombres podrían corresponder a las próximas víctimas de Baco. Por lo que de inmediato, alertó a la división de homicidios.

Sin perder tiempo, citaron a todos los individuos indicados en la lista para interrogarlos junto a Ronson, con la esperanza de descubrir quiénes eran y por qué figuraban allí.

El primer nombre en la lista, y el primer individuo en ser contactado y acudir al interrogatorio, fue un hombre llamado Hermes.

Durante la llamada, Ronson notó de inmediato su voz grave y carrasposa. Hermes se presentó en la cita poco después, revelando ser un hombre de gran porte, de unos cincuenta años, alto, corpulento, con un abdomen prominente y una leve cojera en la pierna derecha.

Tras una serie de preguntas preliminares antes del interrogatorio formal, Ronson obtuvo información básica sobre su residencia, su formación y su ocupación actual.

Hermes vivía solo en un modesto departamento cerca del centro de la ciudad. Había estudiado comercio, y en sus primeros años, trabajó en la aduana fronteriza; con el tiempo, y gracias a sus contactos, se abrió camino en el comercio de diversos artículos, destacándose por su notable astucia en los negocios.

El encuentro con Hermes pareció arrojar nueva luz sobre el caso. Era un hombre amable, correcto, sencillo al hablar y en todo momento dispuesto a colaborar. Sin embargo, para sorpresa de Ronson, cuando le preguntaron sobre los asesinatos, respondió que no sabía nada; no estaba al tanto ni de los crímenes, ni de las víctimas, ni del homicida.

Además, Hermes negó haber recibido amenazas y afirmó no haber notado nada inusual en los últimos días; nada fuera de lo común que pudiera aportar pistas o indicios útiles.

Ronson rápidamente mostró a Hermes las fotografías de cada una de las escenas del crimen, esperando que pudiera identificar algo familiar o algo que le llamara la atención. Sin embargo, su esfuerzo fue en vano; Hermes afirmó no reconocer a ninguna de las víctimas.

El detective, frustrado por las altas expectativas de que Hermes pudiera ofrecer alguna respuesta, decidió mostrarle la lista que había encontrado entre las pertenencias del difunto. Su intención era, que al ver su nombre en primer lugar, pudiera reconocer a los demás individuos o al menos proporcionar alguna pista útil para el caso.

Hermes, al tomar entre sus manos y ver la lista de arriba abajo, exclamó sin dudarlo que no reconocía a ningún nombre y/o teléfono de la misma, ni siquiera entendía por qué su nombre estaba allí escrito y por qué se encontraba en primer lugar.

Sin más y para no perder tiempo, ya que éste era vital, porque en cualquier momento podría aparecer otra víctima, Ronson le solicitó a Hermes, que si llegaba a saber o escuchaba algo, se pusiera de inmediato en contacto con el departamento.

Sin embargo, al despedirlo, Ronson no pudo evitar pensar en la tranquilidad con la que ese individuo había visto su nombre y su número telefónico en una lista de desconocidos, sin que en ningún momento se alterara su apariencia.

Como un rayo, se le cruzaron por la cabeza algunas preguntas.

¿Por qué Hermes, al ver su nombre en aquella lista, no tuvo curiosidad ni miedo?

¿Se trataría del asesino?

Ronson rápidamente se dispuso a llamar por teléfono al segundo nombre que figuraba en la lista, hallada entre las prendas de la víctima, este era Aletheia.

Al contactarla por teléfono, pudo notar una voz firme y dulce a la vez, que transmitía seguridad y confianza.

Dos minutos antes de la hora acordada, Aletheia llegó al lugar del interrogatorio.

Su voz, que denotaba firmeza, acompañaba la presencia de una mujer de unos cuarenta y ocho años, de estatura promedio y con un particular cabello rojizo oscuro que contrastaba con sus ojos verdes.

Siguiendo el patrón de preguntas de rutina, previo al interrogatorio, Ronson indagó sobre sus vínculos, su residencia, su formación y a qué se dedicaba.

Aletheia destacó que vivía sola, en una gran casa a las afueras de la ciudad. Había estudiado leyes desde muy temprana edad y actualmente se desempeñaba como juez.

Una vez finalizadas estas preguntas, el detective se dispuso a comenzar y realizar el interrogatorio.

Este segundo encuentro entusiasmó a Ronson, dado el carácter de Aletheia, quien parecía una mujer recta y de buenas virtudes. A primera vista, este encuentro sugería que el caso podría ofrecer al menos alguna pista útil. Sin embargo, Aletheia negó haber recibido amenazas o tener información relevante sobre las muertes.

-¿Reconoce a esta persona?- Preguntó Ronson, mostrándole la imagen del cadáver en una de las fotografías de la escena del crimen. Aletheia movió la cabeza de un lado a otro, incapaz de reconocer al difunto. Lo mismo ocurrió con cada una de las fotografías de las otras seis víctimas, lo cual comenzó a desalentar a Ronson.

Sin embargo, cuando el detective le mostró la lista encontrada en las prendas del último fallecido y al leer los nombres, la expresión de Aletheia cambió, e interrumpió a Ronson.

-¿Todas estas personas están bien? ¿Ha pasado algo? Los conozco a todos- Dijo ella.

Ronson se quedó sorprendido ante su reacción, pero en ese mismo instante intentó tranquilizarla, asegurándole que todos estaban vivos y que había contactado con cada uno de ellos.

Aletheia le pidió que le mostrara nuevamente la fotografía del último cadáver y que le indicará el nombre de la víctima. Al observar la imagen y escuchar el nombre, reconoció de inmediato al séptimo difunto.

Intrigado por la conexión entre Aletheia, la víctima y las personas de aquel listado; le preguntó cómo los conocía.

-Todos en la lista, incluido él- Dijo, señalando la fotografía; -Estudiamos juntos en secundaria, siendo particularmente años muy buenos, excepto por el que está en esa foto, que.... No puedo alegrarme por cómo terminó, pero, sinceramente, se lo merecía-

-¿De qué está hablando, qué ocurrió en aquellos años?- Preguntó Ronson, con la esperanza de descubrir al asesino en esa clase.

A lo que Aletheia respondió:

-Esos días fueron realmente difíciles... Ese chico se empeñó en convertir nuestra vida en un infierno, día tras día... Y por si fuera poco los profesores siempre lo respaldaban... Nos acosaba, nos golpeaba... ya sabes cómo son esas cosas… Fue por esos malos momentos, en los que alguien abusa de los demás y las figuras de autoridad, como los profesores, lo permiten, es que decidí estudiar leyes-

-Quise luchar contra estas injusticias que, en algún momento de nuestras vidas, todos hemos sufrido y enfrentado-

-Pero al escuchar cómo finaliza la carta, pudo notar que al menos, finalmente pide disculpas-

-Espero que con el tiempo hubiera reflexionado sobre sus acciones y que su disculpa sea genuina-

Tras escucharla, Ronson le preguntó particularmente por Hermes, el primer nombre que figuraba en la lista.

-Si; él también había sido compañero en secundaria, y podría describirlo en una sola palabra; bufón- Dijo ella.

Ronson, al escuchar esta historia, le agradeció a Aletheia por toda la información que le había facilitado, permitiendole volver a su casa; sin antes pedirle que si recordaba algo más sobre los episodios relaciones con los integrantes de la lista, lo contactará lo más rápido posible.

Pareció comprender finalmente la situación de Hermes, quien había mostrado ser un maestro en el arte del engaño. Sin embargo, una duda persistente lo llevó a reconsiderar si Hermes podría ser, en realidad, el asesino.

Por otro lado, no sería necesario entrevistar a todos los mencionados en la lista, pues la versión ofrecida por Aletheia era más que suficiente. Además, al revisar la base de datos del colegio, confirmó que todos habían cursado juntos en el mismo año. Los informes corroboraban cada detalle proporcionado, validando así la veracidad de su historia.

En el departamento de policía, el equipo no tardó en investigar los antecedentes de Hermes corroborando su trayectoria laboral de los últimos diez años. Para sorpresa de todos, resultó que en este aspecto él no había faltado a la verdad; efectivamente se había dedicado al comercio, como había declarado.

Además, los registros confirmaban que Hermes había pasado los últimos cinco años en el extranjero, regresando al país sólo recientemente, mucho después de cometidos los crímenes anteriores, lo cual lo excluyó directamente como sospechoso.

Con la investigación concluida, las sospechas acerca de Hermes se dieron por finalizadas, dejando claro, que aunque inicialmente pudo haber surgido alguna duda, su testimonio resultaba incuestionable. Para Ronson, no existía ninguna razón para seguir considerándolo en la lista de sospechosos.

De regreso a la pizarra, ubicó la lista junto a la fotografía de la séptima y última víctima registrada.

Observó detenidamente todo el escenario armado frente a él, con cautela comenzó a conectar cada una de las imágenes y las evidencias encontradas en las escenas del crimen, convirtiendo la pizarra en un entramado complejo.

El modus operandi del asesino quedaba cada vez más claro: de una forma muy siniestra y malévola, buscaba causar el máximo dolor a sus víctimas. Al introducirles con fuerza uno a uno los corchos revestidos con vidrio en la boca, desgarraba sus gargantas hasta acabar con sus vidas.

El vino tan peculiar estaba presente en cada homicidio y la firma de Baco al costado de cada uno de los cuerpos sin vida.

Hasta el momento, las víctimas sumaban siete, pero Ronson tenía la certeza de que habrían más si no lograban capturar al asesino a tiempo.

Pronto, se sumergió en una profunda reflexión sobre los objetos y evidencias encontradas en cada escena, buscando algún nuevo significado que hubiese pasado por alto.

A medida que pasaban las horas, Ronson comenzó a conectar varios puntos que parecían clave: los corchos, debido a la peculiar forma en que se cometían los crímenes; la firma, que el asesino dejaba como marca personal; el vino, que claramente era de elaboración casera; sumado a la disposición de los cuerpos y objetos encontrados en cada una de las escenas; revelaban una minuciosidad obsesiva por parte del homicida en cada asesinato.

Al investigar el apodo, descubrió que en la mitología griega, Baco es el nombre que se le asigna al dios del vino.

Este hallazgo lo llevó a la conclusión de que algunos de los elementos presentes estaban relacionados con el consumo de alcohol, lo que llevó a Ronson a realizarse la siguiente pregunta:

¿Podría haber una lista o un número específico de personas involucradas en estos crímenes?

En su búsqueda de pistas, recordó una conversación anterior con un informante que había superado su adicción al alcohol gracias a un programa llamado Alcohólicos Anónimos.

Este programa utiliza una serie de principios conocidos como los *"Doce Pasos"*, diseñados para ayudar a las personas a superar su dependencia del alcohol y recuperar el control sobre sus vidas.

Al analizarlos descubrió que son una serie de reglas y pasos sugeridos para quienes luchan contra el alcoholismo, que van desde admitir que uno tiene un problema hasta hacer enmiendas por el daño causado a otros debido a su adicción.

Examinando detenidamente los detalles de los crímenes, comenzó a notar similitudes entre los pasos de Alcohólicos Anónimos y las imágenes que habían captado su atención.

La escena donde la primera víctima muere señalando una botella de alcohol podría interpretarse como una conexión simbólica con uno de los pasos de Alcohólicos Anónimos. En dicho programa, el primer paso implica admitir que uno es impotente ante el alcohol y que su vida se ha vuelto ingobernable como resultado de su adicción. Cuando la víctima señala la botella de alcohol en su último aliento, está reconociendo la propia impotencia ante la sustancia y su lucha contra ella.

El segundo paso del programa implica reconocer la necesidad de creer en un poder superior para encontrar la recuperación. Es así que el rosario encontrado en la segunda víctima sugiere que estaba buscando consuelo espiritual y ayuda en su lucha contra la adicción. Esto podría indicar que el asesino tenía conocimiento de la importancia de este paso en el proceso de recuperación y lo incorporó de alguna manera en sus crímenes.

La tercera víctima, encontrada con las manos juntas, en posición fetal, podría estar relacionada con el tercer paso. Éste implica entregar la voluntad y la vida al cuidado de un poder superior. La postura de esta última sugiere un símbolo de rendición y entrega, reflejando el proceso de aceptación y confianza en un poder superior para encontrar la paz y la sobriedad.

El cuarto difunto, hallado frente a un espejo, podría estar relacionado con el cuarto paso. En éste, los individuos realizan un inventario moral exhaustivo de sí mismos, enfrentando sus defectos y errores. La presencia del espejo podría simbolizar la autoevaluación necesaria para este proceso, un paso crucial en el camino hacia la recuperación y la superación de la adicción.

La mesa colmada de botellas en la escena del quinto crimen presenta un vínculo claro con el quinto paso, que implica la confesión de los errores y defectos a otro ser humano. En el contexto del crimen, las botellas vacías sugieren un intento fallido de resistir la tentación del alcohol, reflejando la lucha interna y el arrepentimiento del adicto. Este paso enfatiza la importancia de admitir la naturaleza de la adicción y buscar la ayuda necesaria para enfrentarla, lo que puede relacionarse con la situación de la víctima encontrada entre las botellas.

Mientras revisaba cuidadosamente la secuencia de las muertes en relación con los pasos de Alcohólicos Anónimos, algo llamó su atención. Notó que la víctima número seis en realidad correspondía al paso número siete.

Al analizar la imagen de la sexta víctima, notó que el teléfono en su mano parecía simbolizar un intento de pedir ayuda, una señal de que, tal vez, la víctima había intentado comunicarse en un momento de desesperación. La Biblia en su otra mano, por su parte, representaba un vínculo con lo divino, con la esperanza de que un poder superior pudiera guiarla o, al menos, ofrecerle consuelo.

En este paso, los miembros buscan liberarse de sus limitaciones internas a través de la humildad, reconociendo que no todo depende de su voluntad.

Lo mismo volvió a ocurrir con la víctima número siete, la cual correspondía al paso número ocho.

La lista de nombres encontrada en la escena del crimen, finalizando con una disculpa, sugería un vínculo con el octavo paso de Alcohólicos Anónimos, que implica hacer una lista de todas las personas a quienes se ha perjudicado y estar dispuesto a hacer enmiendas con ellas.

Sin embargo, el que no coincidiera una de las muertes con uno de los pasos del programa provocaba una pregunta inquietante en la mente de Ronson.

¿Por qué se había alterado el orden?

Entonces decidió volver a reflexionar desde el principio.

Las primeras cinco víctimas pudieron asociarse con los primeros cinco pasos de Alcohólicos Anónimos, cada una reflejando su respectiva etapa del proceso.

El sexto asesinato parecía corresponder al séptimo paso, y para complicar aún más las cosas, el séptimo homicidio parecía estar vinculado al octavo paso del programa.

Frente a esto, el detective decidió analizar en profundidad el sexto paso de alcohólicos anónimos.

Precisamente este paso era uno de los más difíciles para el alcohólico porque lucha contra dos corrientes: la tentación de seguir practicando el vicio del alcohol como parte de la rutina diaria y la necesidad de dejar atrás sus debilidades que lo llevaban a la bebida, escapando de la realidad que posiblemente lo agobiaba.

Esta lucha interna es una parte fundamental del camino hacia la sanación de esta grave enfermedad, ya que permite a los individuos enfrentar sus desafíos internos y externos con el objetivo de alcanzar una vida más saludable y sobria, totalmente alejada del consumo de alcohol y los beneficios que ésta conlleva.

El descubrimiento de los pasos a seguir establecidos por Alcohólicos Anónimos para la cura de sus participantes no sólo consolidó su análisis, sino que también amplió la perspectiva en la investigación.

Al conectar los puntos entre las víctimas, sospechó que todas podrían tener un pasado común: haber sido miembros participantes del mismo grupo de Alcohólicos Anónimos. Este pensamiento le dio un giro de 180 grados a la investigación y proporcionó una pista crucial en la búsqueda del esquivo Baco.

El asesino parecía seguir la secuencia de Alcohólicos Anónimos, aunque no la cumpliera aparentemente en su orden.

La idea de que estos crímenes podrían tener su raíz en un pasado de superación y sufrimiento compartido, marcado por la lucha contra la adicción al alcohol, le proporcionó un nuevo rumbo por donde continuar trabajando.

Fue entonces cuando comenzó a formular la teoría de que Baco, antes asesinar a sus víctimas, las relacionaba con el paso correspondiente del programa. Esto implicaba que había investigado a fondo el pasado de cada una de ellas para poder establecer esas conexiones.

Sin perder tiempo, Ronson investigó las organizaciones de Alcohólicos Anónimos en la ciudad, descubriendo que actualmente existían dos centros en funcionamiento. Sin dudarlo, se dirigió a uno de ellos.

Al arribar, lo atendió una joven funcionaria a quien le relató lo sucedido. Ella le informó que ese centro había comenzado a funcionar hace diez años, por lo que el evento debió haber ocurrido en el otro centro, que era más antiguo.

De inmediato, se dirigió al otro centro, donde lo atendió una funcionaria de unos 47 años.

Tras escuchar el relato de Ronson, recordó que, hacía unos veinte años, un grupo había quedado inesperadamente sin coordinador, quien había desaparecido sin dejar rastro, y de él nunca más se supo; y añadió:

-Recuerdo que había un cuaderno de notas de este coordinador, eso era irregular, porque en estos centros no se llevan registros de los asistentes-

-Me dirigí a su domicilio para entregarle el cuaderno y preguntarle si pensaba retomar el grupo, pero, sobre todo, para indagar sobre lo que había sucedido. Al llegar, la casa parecía deshabitada, como si él hubiera desaparecido por completo-

-Le dejé una nota bajo la puerta, pero nunca más volví a saber de él-

Ronson de inmediato le preguntó si recordaba la dirección. A lo que ella le respondió:

-Si, una casa gris al fondo del callejón, que sale a la derecha de la plaza que está al final de la calle, justo frente a una pequeña iglesia-

Ante este relato, Ronson mostró vivo interés y le preguntó si podía recuperar dicho cuaderno. La señora sin dudarlo buscó en un depósito polvoriento y al cabo de unos minutos pudo localizarlo, entregándolo a Ronson, sin antes advertirle lo siguiente:

-Lléveselo, esto no debería existir-

El detective, consumido por una gran curiosidad, se dirigió a su hogar y, sin demora, comenzó a leer las notas escritas por el desaparecido coordinador que decían así:

"Comienzo con el nuevo grupo, son once varones sin particularidades distintivas"

En otra página anota:

"Hoy, Momo estuvo muy burlón y despectivo frente a la historia que contaba...; me preocupa esta actitud"

Ronson identificó a Momo en la lista que el equipo forense le había proporcionado con los datos de las víctimas. Momo era el poseedor de la lista de sus ex compañeros, la séptima víctima del despiadado Baco.

De inmediato, intuyó que el asesino se encontraba entre ese grupo.

Siguió la lectura que mostraba un registro sin importancia, hasta que varias páginas adelante observa:

"Hoy hubo una fuerte discusión entre Cicerón y Homero"

Sin detallar lo que sucedió exactamente.

Reconoció también a Homero como la primera víctima y a Cicerón como la sexta víctima.

Esto terminó de confirmar que el asesino estaba vinculado a este grupo.

¿Sería el coordinador el asesino?

¿Quién era este personaje misterioso que había desaparecido en forma súbita?

¿Por qué había desaparecido?

El cuaderno no aportaba mucha más información. En sus páginas, estaban escritos los nombres de los integrantes del grupo, que coincidían con las siete víctimas encontradas, además de tres nombres adicionales.

Se enfrentó entonces a un obstáculo significativo: la naturaleza anónima que mantienen estas organizaciones sobre los integrantes de sus grupos y su reticencia a dar información. La falta de la misma, más allá de los nombres de los participantes complicaba aún más su tarea por localizarlos.

Al tiempo que procesaba esta pregunta, se encaminó velozmente hacia la residencia del coordinador.

Al llegar, notó de inmediato que el lugar parecía haber estado abandonado durante mucho tiempo; las puertas y ventanas estaban selladas.

Decidido a ingresar en aquella vivienda, se acercó a una de las ventanas y comenzó a retirar las tablas que la bloqueaban, con la intención de acceder y buscar pistas sobre el paradero del asesino.

Una vez dentro y luego de trabajar varias horas explorando cada rincón, solo logró localizar un amontonamiento de polvo y telarañas. A pesar de sus esfuerzos no halló ningún indicio que pudiera determinar el paradero del mismo.

En ese preciso instante, Ronson contactó a la división de homicidios, que emitió una orden de búsqueda y captura. Estaba convencido de que el asesino estaba decidido a completar el ciclo de los doce pasos, lo que implicaba que aún le quedaban cinco víctimas por eliminar.

Capítulo 5

SOMBRAS DEL PASADO

Habían transcurrido seis meses desde el último asesinato a manos de Baco. Durante ese tiempo, una calma aparente envolvía el caso, pero la presencia del asesino seguía acechando en las sombras de la ciudad.

Ronson, por su parte, no había dejado de investigar la muerte de su compañero y amigo Jack. La falta de pruebas y testigos dificultaba la captura del homicida; con el paso de los dias y las semanas, el interés por este caso se desvanecía lentamente, como la niebla de aquella fatídica mañana en que su amigo perdió la vida.

Durante este período, Ronson a su vez continuó con la búsqueda del presunto coordinador del grupo de Alcohólicos Anónimos, quien había liderado el grupo al que pertenecían las siete víctimas que estaba investigando. Este individuo parecía ser la pieza clave en el complejo rompecabezas que Ronson intentaba desentrañar.

En paralelo, y durante este tiempo de misteriosa calma, en la mente de Baco se libraba una inmensa tormenta.

Él, consciente de sus errores pasados que por poco pudieron llevarlo a su captura, pero impulsado por un odio desmedido, había calculado y mejorado su próxima jugada maestra.

Cada día que pasaba aislado en su refugio era una oportunidad para perfeccionar su plan, estudiar cada movimiento y anticipar cada respuesta.

Como el tiempo transcurría y la ciudad permanecía en calma, poco a poco el caso perdía interés por parte de las autoridades.

La vida continuaba su curso, pero para Ronson, cada día que avanzaba era un día en que el asesino se encontraba libre, vagando por la ciudad o quizás planeando su próximo ataque. Era una carrera contra el reloj, marcada por el timbre del teléfono notificando la próxima víctima.

Así fue, como, un día como cualquier otro, y tal como Ronson lo imaginaba, el sonido de su teléfono rompió el silencio de su oficina: una nueva víctima en manos de este escurridizo asesino había aparecido.

Rápidamente, colgó el teléfono, tomó su abrigo, su placa, su arma y sin perder ni un segundo se encaminó hacia el sitio donde tuvo lugar el crimen.

Este era un pequeño departamento situado en un segundo piso, en pleno centro de la ciudad.

Lo primero que notó en la puerta de entrada, debajo de las cintas amarillas y negras que impedían el paso, era que el cerrojo había sido forzado, siendo este el primer indicio de cómo el presunto asesino pudo ingresar a la vivienda.

Con cautela, Ronson accedió a la misma sin perder detalle alguno.

Detrás de la puerta principal se encontraba la sala, donde se observaba signos de una fuerte pelea, muebles rotos y fuera de lugar, vidrios destrozados en el suelo lo que denotaba un enorme desorden.

Destacaba un gran ventanal al fondo por el cual se veía la ciudad.

Al virar a su derecha, a pocos pasos, se encontraba la habitación de la víctima, custodiada por dos oficiales que, con ojos inundados de miedo y horror, intercambiaron miradas con Ronson.

Una vez dentro de la habitación, éste observó una escena que lo dejó atónito, perplejo, como si por un instante el mundo se detuviera a sus pies: tendido sobre la cama, sumergido en un charco de sangre, yacía un cuerpo sin vida.

Lo espeluznante de la escena y macabro de la misma se intensificaba, si bien repetía el mismo patrón que con las víctimas anteriores, el nivel de violencia y agresividad habían escalado estrepitosamente por parte del asesino.

En este homicidio fueron introducidos los corchos recubiertos con vidrios en la garganta de la víctima con tanta vehemencia, desgarrando por completo la garganta de la misma, ocasionando su muerte no solo por asfixia sino por pérdida masiva de sangre.

Lo que llamó la atención de Ronson a continuación fue que, en su mano derecha, sostenía una fotografía en la que aparecía la víctima junto a lo que probablemente era su familia.

El cuerpo mostraba rasguños y signos de pelea, la ropa desgarrada, con señales inequívocas que defendió su vida hasta el final.

Al cabo de pocos minutos, los forenses pudieron determinar que el cuerpo en aquella habitación pertenecía al coordinador de Alcohólicos Anónimos.

Su presencia allí resultaba inesperada, y su muerte, un golpe en medio de la oscura partida que estaban jugando.

Mientras los forenses trabajaban sobre el cuerpo del fallecido, Ronson examinó detenidamente las pertenencias de la víctima en busca de pistas. Fue entonces que encontró dos pequeñas botellas de alcohol vacías, junto a un pequeño trozo de papel doblado debajo de la cama.

Con precaución, para no borrar huellas, tomó el papel protegido con guantes, y pudo contemplar una lista de nombres, con direcciones y teléfonos. De inmediato, y recordando cada uno de los casos acontecidos, observó que eran los miembros pertenecientes al grupo de Alcohólicos Anónimos. En la conmoción, un detalle lo dejó desconcertado: el miembro número seis, había sido tachado, imposible de leer.

De inmediato, asoció estos objetos con el noveno paso, ese paso crucial en el camino hacia la recuperación y la redención. Consiste en la disposición del alcohólico para aceptar que las consecuencias de sus actos pasados son graves y asumir las responsabilidades por el bienestar de su familia. Esto podría verse reflejado en la fotografía encontrada de la que posiblemente fuera su familia y en las dos botellas vacías de alcohol halladas.

Ronson, sumido en una reflexión absoluta, intentaba relacionar esta última muerte con el resto del caso, mientras observaba en un silencio profundo por el gran ventanal que se encontraba en la sala de la vivienda.

Frente a la finca donde fue encontrado el cuerpo del coordinador, se alzaba un edificio a medio construir y abandonado.

Entre la escasa luz que cubría aquella construcción y en su interior, oculto a la vista, había un individuo con binoculares, observando toda la situación con interés.

Tomaba notas y fotografías de forma apresurada del inspector de traje que se encontraba trabajando junto a la policía.

¿Quién era este misterioso individuo y qué papel desempeñaba en todo esto?

Con el pequeño pero valioso papel que había encontrado, Ronson confirmó que los nombres escritos eran los ya mencionados en el cuaderno que anteriormente le pertenecía al coordinador.

Debía avisar de inmediato a estas personas, que seguramente serían las próximas víctimas. Sin embargo, los nombres contenidos en el papel tenían información presumiblemente falsa. A pesar de sus esfuerzos, los intentos resultaron en vano: los teléfonos estaban fuera de servicio.

Era como si el grupo se hubiera desvanecido en el aire, dejando tras de sí solo preguntas sin respuesta y un mar de especulaciones.

La búsqueda del coordinador muerto los había llevado a un callejón sin salida, pero Ronson sabía que no podía detenerse ahora. Con Baco, aún acechando en las sombras, el tiempo seguía siendo su peor enemigo, y cada minuto perdido significaba una vida más en peligro.

Capítulo 6

EL DOLOR INESPERADO: UN VIAJE HACIA LA JUSTICIA

Una tranquila y temprana mañana de domingo, el pequeño Ton salió de paseo con sus padres en el automóvil de la familia.

Aquel domingo, que comenzó como cualquier otro, se convertiría en un punto de inflexión en su vida, dejándole una marca para siempre.

-Mamá!! Papá!!- Exclamó el niño con entusiasmo y alegría.

-Yo conozco esa canción, es la que cantamos siempre en la escuela y el profesor me dice que la canto bien, suban el volumen y la canto para ustedes-

-¡Hijo canta! Pero no podemos subir mucho, tu padre necesita estar concentrado por el tránsito- Respondió su madre con una sonrisa, mientras su esposo asentía en silencio.

-Bueno mamá, la cantaré sin música si quieren-

Ton aceptó con entusiasmo y comenzó a cantar con dulzura, disfrutando del momento familiar en el automóvil.

Pero la armonía de aquel momento se vio abruptamente interrumpida por el grito de su madre:

-Cielo, ten cuidado con aquel coche, mira como viene!!-

El tono de alarma en la voz de su madre hizo que el pequeño mirara hacia adelante, y lo que vio lo dejó aterrorizado.

Un automóvil azul zigzagueaba peligrosamente entre los carriles, acercándose rápidamente.

El tiempo pareció detenerse mientras el pequeño observaba con horror; sus manos sudaban y su corazón latía con fuerza, pero el miedo lo dejó mudo, incapaz de pronunciar una sola palabra.

Y entonces, en un instante, todo se volvió blanco…

Al comenzar a recuperar la conciencia, todo a su alrededor era un caos. El sonido de sirenas y un zumbido constante resonaban en sus oídos.

Entre parpadeos, alcanzaba a distinguir luces que se movían rápidamente frente a sus ojos, mientras sentía cómo personas a su alrededor empujaban su camilla por largos pasillos.

Dos días después…

-¿Hola? ¿Hola? ¿Dónde estoy? ¿Dónde están mis padres?…-

El pequeño despertó confundido y asustado, buscando desesperadamente respuestas.

A su lado se encontraba su tía Marta Ronson, quien tomó su mano y le dijo…

-Ton, a veces la vida nos golpea tan duro que nos deja sin aliento, nos coloca en situaciones que no comprendemos y nos hace cuestionar si merecemos o no lo que nos sucede. Tus padres se han ido a un viaje del que ya no volverán…-

El niño no podía procesar lo que escuchaba, sus ojos se llenaron de lágrimas mientras volvía a preguntar:

-Tía, ¿dónde estamos? ¿A dónde viajaron mis padres? ¿Qué pasó?-

La tía, con el corazón destrozado, juntó toda su fuerza interior y con delicadeza le respondió…

-Estamos en un hospital con un montón de señores y señoras que ahora cuidan de ti para que te recuperes lo más pronto posible, quizás no puedas recordarlo, pero tuvieron un accidente, un coche los golpeó…-

El dolor en sus palabras era palpable, la angustia poco a poco se apoderó de Ton sintiendo un nudo en la garganta al escuchar la verdad.

-Tía… tía… ¿y qué pasó con ese coche que nos golpeó?- Preguntó el pequeño con su voz temblorosa y quebrada.

-Se ha ido cariño, los policías dicen que varios testigos vieron un auto azul conduciendo muy rápido, y creen que fue el responsable… ya están trabajando para encontrarlo-

Marta luchaba por mantener la compostura mientras trataba de consolar al niño, pero su corazón se rompía al ver el dolor en los ojos del pequeño de siete años, que había perdido a sus padres.

Ton intentaba asimilar la tragedia, pero su mente estaba llena de confusión y dolor. Los recuerdos borrosos del accidente lo atormentaban, y luchaba por entender cómo su vida había cambiado de la noche a la mañana.

Marta se convirtió en su refugio, en su roca en medio de la tormenta. Ella lo acompañaba en cada paso del camino, dedicándole todo su tiempo y amor para ayudarlo a sanar.

A medida que Ton crecía, el anhelo de hallar respuestas y justicia se arraigaba en su interior.

Su aspiración era convertirse en detective, desentrañar el misterio de aquella fatídica mañana y resolver todos los casos pendientes.

La pérdida de sus padres lo había marcado profundamente, impulsándolo a luchar incansablemente por descubrir la verdad detrás de su crimen.

Estaba decidido a encontrar al responsable y asegurarse de que pagara por sus acciones.

Capítulo 7

BAJO LA SOMBRA DEL ASESINO

Pocos días habían transcurrido desde el homicidio del coordinador, y Ronson continuaba sin explicaciones claras sobre su hallazgo.

Mientras las pistas eran analizadas en el laboratorio, él seguía con gran tenacidad estudiando el caso.

Como era de costumbre, cada martes cenaba con su tía Marta en el mismo restaurante que había frecuentado de pequeño con sus padres, ubicado en el centro de la ciudad. En esos encuentros, Ronson compartía vivencias diarias y relatos de sus casos más inquietantes, mientras su tía entretejía historias de vecinos y recuerdos de cuando su sobrino era pequeño. Aquel lazo era tan sólido como indispensable en su vida cotidiana.

El sujeto que había tomado notas y fotografías frente a la residencia del coordinador, deambulaba por la ciudad en busca del inspector. Un martes por la noche, logró reconocerlo en un restaurante, acompañado de una dama mayor. En ese instante, comenzó a fotografiar sus encuentros rutinarios y a tomar notas al respecto.

Durante semanas, el individuo los observó atentamente, registrando cada uno de sus movimientos, desde la hora de llegada al restaurante, hasta la despedida y el regreso a sus respectivos hogares.

Había detectado su vulnerabilidad y estaba decidido a dejarlo fuera de juego. Sabía que había cometido un error en el pasado y que debía deshacerse del investigador cuanto antes.

Una mañana, el detective encontró debajo de la puerta de su casa un sobre amarillo.

Para su sorpresa y horror, el sobre contenía fotos de sus últimos encuentros con su tía. En el reverso de la última fotografía, una nota escrita en tinta rojiza lo dejó congelado: *"Tu compañera puede ser la siguiente"*.

Ronson quedó paralizado al ver las imágenes y la amenaza. La impotencia lo invadió, mientras el miedo y la rabia se mezclaban en su interior.

El modo en la que estaba escrita le llamó poderosamente la atención, de inmediato la comparó con las letras escritas por Baco en las escenas de los crímenes. El tipo de letra coincidía, y, como en aquellos crímenes, estaba escrita con la misma tinta roja.

El golpe fue devastador. No solo se enfrentaba a la frustración de no poder resolver el caso, sino que ahora sabía que Baco lo estaba vigilando.

El asesino en ese momento ya disponía de información valiosa, como la frecuencia y lugar de sus cenas, los domicilios de cada uno, y posiblemente una agenda diaria. En un breve lapso, Baco supo más sobre él, de lo que Ronson había logrado descubrir sobre su enemigo.

La pérdida de su compañero Jack seguía pesando en su conciencia, pero ahora su tía, la persona más importante en su vida, también estaba en peligro; la amenaza se había vuelto personal.

Ronson estaba atrapado en una red de terror y amenazas.

Desesperado por garantizar la seguridad de su tía, decidió que lo más prudente sería que ella viviera con él hasta lograr capturar al sospechoso. Aunque su hogar era pequeño y las limitaciones de espacio eran evidentes, tener a su tía cerca, bajo su propio techo , le brindaría la tranquilidad necesaria para concentrarse plenamente en la resolución de la investigación. La protección de su tía se convirtió en su principal preocupación.

De inmediato la telefoneó, convenciéndola de que fuera a su domicilio lo más rápido posible, llevando únicamente una pequeña maleta y lo estrictamente necesario.

Sin embargo, Baco actuó con mayor rapidez, interceptando a Marta en el trayecto entre su casa y la de su sobrino, secuestrándola y llevándola a su propia morada antes de que el Inspector pudiera intervenir.

Mientras esperaba ansiosamente la llegada de su tía, comenzó a inquietarse al notar que no llegaba a la hora acordada. Su preocupación se intensificó cuando, de repente, el teléfono sonó, rompiendo el silencio con una llamada inesperada. De inmediato, activó el grabador y comenzó a registrar la llamada.

Al otro lado del teléfono se encontraba Baco, y por primera vez, el detective iba a escuchar su voz, una voz prácticamente incomprensible y casi al punto del balbuceo.

El asesino le advirtió nuevamente y sin rodeos que no se interpusiera en su camino, que debía *terminar lo que había comenzado*.

Ronson suplicó por la vida de su tía, pero del otro lado solo se escuchaban gritos y llantos que terminaron con un fuerte ruido a vidrios, como si se tratase de un golpe con una botella, y la llamada se cortó abruptamente.

La sensación de impotencia y angustia lo envolvía, ahogándole el pecho con la certeza de haber fallado en proteger a la única persona que le quedaba.

Marta, su tía, más que una figura familiar; durante más de treinta años, había sido su madre y su padre, siendo el único vínculo verdadero que tenía en este mundo.

Ahora, al pensar en su pérdida, Ronson revivió el dolor de aquella tragedia que marcó su vida; la muerte de sus padres en un accidente, un dolor tan profundo que nunca había logrado sanar.

Los días que pasaban solo agudizaban ese dolor. Cada recuerdo compartido con Marta se volvió más precioso y, al mismo tiempo, más insoportable, ahora que ella ya no estaba.

Ronson estaba decidido a evitar más muertes a manos de este asesino que se hacía llamar Baco.

Repasó la grabación de la llamada una y otra vez, pero no logró escuchar nada relevante que lo llevará a una pista sólida sobre el paradero del homicida, más allá de la voz, los gritos y los ruidos de vidrios rompiéndose.

Frustrado de escuchar las mismas palabras una y otra vez, se le ocurrió una nueva estrategia; eliminar los tonos de la voz y dejar el sonido ambiente. Tal vez, en ese ruido de fondo, podría haber algo que hubiera pasado desapercibido en sus escuchas previas.

Una vez modificado el audio de la grabación, logró distinguir, de fondo, un sonido similar al de un campanario, probablemente proveniente de una iglesia cercana.

Sabía que la ciudad contaba con tres iglesias, por lo que trazó un radio de búsqueda alrededor de cada una de ellas, calculando la distancia en función del sonido de las campanas que había captado en la grabación.

Pasaron semanas mientras Ronson investigaba minuciosamente cada una de esas ubicaciones, con la esperanza de encontrar a una persona sospechosa, y basándose en las pistas anteriores, a alguien con graves problemas de alcoholismo.

Sin embargo, tras dos meses de exhaustiva investigación en esas áreas, no apareció ninguna pista que revelara el paradero de Baco.

A medida que el tiempo avanzaba, Ronson comenzó a desarrollar una teoría sobre un posible sospechoso.

Las características de este individuo, en cuanto a edad, antecedentes y problemas con el alcohol, parecían coincidir con el perfil del asesino. Sin embargo, debido a la falta de pruebas suficientes para obtener una orden de arresto, sería casi imposible detenerlo.

Tras semanas de investigación infructuosa y sin nuevos avances, mientras la calma parecía haber regresado a la ciudad, un nuevo crimen cometido por Baco sacudió la investigación, reavivando la desesperada búsqueda.

Ronson, en lugar de dirigirse a la escena del crimen, se encaminó hacia el lugar donde había avistado al posible sospechoso que tantas vueltas daba en su cabeza.

Al llegar al sitio, descubrió que efectivamente estaba en el lugar correcto. De la tapa de una alcantarilla emergió un individuo de muy mal aspecto; posiblemente ebrio y con la ropa manchada de sangre. Sin dudarlo y con gran sigilo, comenzó a seguirlo.

Ronson, en su interior, sabía que, desde aquella fatídica llamada telefónica en la que se escuchaban gritos y llantos estremecedores, nunca se había encontrado el cuerpo de su tía, lo que dejaba abierta la posibilidad de que aún estuviera en la guarida del homicida.

Pero si de algo estaba seguro, es que si detenía al fugitivo y lo interrogaba, él jamás revelaría el paradero de su tía.

Persiguió al sospechoso por varias calles, pero este se desvaneció en un edificio abandonado.

Ronson, sin llamar a la policía, decidió enfrentar la situación por sí mismo; ya no era solo una investigación, se había convertido en algo personal. Su tía Marta, posiblemente asesinada por Baco, no merecía ese final, y Ronson no podía perdonarlo.

Al ingresar en aquel recinto abandonado, rápidamente pudo sentir el ambiente hostil que lo rodeaba. La atmósfera era oscura y densa, plagada de adictos que en cualquier momento podían atacarlo, lo que generó que su corazón latiera de forma acelerada, tensionando sus músculos y la sangre de su cuerpo. Mostrando su placa y su arma, preguntó por Baco; sin muchas palabras, los adictos señalaron hacia los pisos superiores.

El detective fue subiendo piso por piso, esquivando individuos que parecían zombis, hasta que de repente comenzó a escuchar gritos de un apartamento en lo alto, mezclados con una música de flautas y tambores.

Corrió varios metros hasta llegar a la puerta, la golpeó con fuerza y aunque no obtuvo respuesta de quien estuviera al otro lado, la empujó con toda su humanidad, logrando derribarla.

Al ingresar, un olor nauseabundo impregnó el aire. Frente a él, a pocos pasos de la entrada, se disponía el salón, cuyas ventanas estaban cubiertas con periódicos, lo que dejaba pasar muy poca luz, dificultando la visión.

Con la linterna en mano, notó que a la derecha se encontraba la cocina, con la puerta abierta. Al otro lado del salón, había dos puertas cerradas, y debajo de una de ellas se veía una luz encendida.

El sonido de aquellos tambores y flautas era tan alto, que él podía moverse libremente sin levantar sospecha.

Comenzó abriendo la puerta donde no había luz y con la ayuda de la linterna pudo ver que sobre un sofá se encontraba el cuerpo de un individuo en avanzado estado de descomposición.

Conteniendo la respiración por lo que veía, se acercó a la puerta, de la cual se filtraba luz por debajo. Al abrirla con cautela, lo que encontró lo dejó por un instante paralizado: su tía Marta, a quien había dado por muerta, estaba viva atada a una silla, y frente a ella, el asesino la mantenía en silencio tapándole la boca con un trozo de cinta gris.

Al girar la mirada y ver al Inspector, Baco reaccionó rápidamente, escapando por la ventana y descendiendo por la escalera de emergencia.

En cuestión de segundos, Ronson desató a su tía, quien, entre lágrimas, le suplicó que no se quedara con ella, sino que persiguiera al asesino. Sin pensarlo, él también saltó por la ventana, corriendo tras Baco.

El detective gritó al fugitivo, tratando de detener su huida. Sin embargo, Baco hizo caso omiso y continuó su frenética carrera por las calles oscuras y desiertas. Cada paso resonaba como un eco de su desesperación en la noche, mientras Ronson seguía tras él, decidido a no perderlo.

El asesino buscaba afanosamente una salida, pero las calles parecían cerrarse ante él, atrapándolo en la oscuridad que lo envolvía.

En su intento por escapar, Baco se adentro en un callejón lateral, donde se encontró con un muro que bloqueaba su paso, deteniéndolo bruscamente. Giró de inmediato, encontrando la mirada fija del Inspector, quien velozmente se acercaba.

Ronson avanzaba, decidido a poner fin a la persecución.

En ese momento, en un instante fugaz pero eterno, el detective sostuvo su mirada, recordandole todas las víctimas que éste había dejado a su paso, y con firmeza le instó a rendirse. Pero Baco no estaba dispuesto a dejarse vencer tan fácil.

Sacó un arma de su bolsillo, apuntó a Ronson y le dijo:

-Esta misma arma va a terminar con la vida de dos detectives. Tu compañero me miraba igual el día que acabé con él, si mal no recuerdo, ¿Jack era su nombre?, él estaba apunto de encontrarme y detener mi trabajo; pero no podía permitirme que eso ocurriese, y más viniendo de Jack...-

Ronson se tensó al escuchar el nombre de su amigo. Su expresión adquirió un matiz aún más serio y firme. Al confirmar que Baco había matado a su amigo Jack, también desenfundó su arma y apuntó directamente hacia él. Sin embargo, Baco continuó imperturbable, desafiante ante la situación.

-Pero vos, vas a tener más suerte que él- Continuó Baco;

-Ya he completado casi todos los pasos, solo me falta uno y este último me liberara-

Estas palabras resonaron en la mente de Ronson mientras continuaba escuchando.

-El coordinador solo decía lo que queríamos oír, nadie puede salir de una adicción, ésta te domina, te controla hasta que acaba contigo, y solo hay una manera de terminar: acabando el problema desde la raíz- Expresó Baco.

Se dejó caer al suelo y quedó de rodillas, miro al cielo y dijo:

-He terminado mi trabajo, soy libre, soy Baco, soy Dionisio, soy el Dios de la tragedia y soy quien acabará lo que comenzó hace más de treinta años-

-Estoy liberando a todos aquellos mortales que han caído en una tentación de la que no pueden salir; cerraré este maldito círculo de los doce pasos con mi alma-

Ronson observó la escena, sin poder apartar la mirada de Baco, quien pronunciaba esas palabras finales de manera escalofriante.

Y entonces, Baco se llevó el arma a la boca y se disparó, quitándose la vida ante los ojos atónitos de Ronson. Éste permaneció en silencio, conmocionado por lo que acababa de presenciar.

Llamó de inmediato a sus compañeros de la policía, explicándoles lo sucedido y solicitando su apoyo. Les proporcionó la ubicación del apartamento de Baco y les informó sobre el lugar donde él se encontraba, junto al cadáver.

De regreso al apartamento de Baco, acompañado por ambulancias y otros oficiales, Ronson pudo rescatar a su tía y contemplar el cuerpo sin vida de la última víctima de este asesino. Ésta, cuyo cuerpo yacía en un estado de descomposición avanzada, fue también identificada como miembro del grupo de Alcohólicos Anónimos, como lo evidenciaba una lista encontrada entre las pertenencias del coordinador del grupo, así como también lo mencionaba su cuaderno.

La víctima llevaba en su mochila un diario personal; en su última página se encontraba el siguiente texto:

"Querido diario,

Hoy llegué al décimo paso de mi recuperación en Alcohólicos Anónimos. Reflexioné sobre el perdón y la aceptación. Acepté la responsabilidad por mis acciones pasadas y me comprometí a aprender de ellas. Perdonarme a mí mismo y a los demás me trajo una sensación de alivio y liberación. Aunque sé que el camino hacia la recuperación no ha terminado, estoy comprometido a seguir adelante con valentía.

Gracias por ser mi apoyo en este viaje."

Este diario dejaba claro que la víctima, en avanzado estado de descomposición y probablemente la novena, estaba asociada al paso número diez, ya que en sus páginas se hablaba de hacer un inventario personal y de admitir con prontitud cuando nos equivocamos.

Pero en la mente de Ronson seguían resonando las palabras de Baco. Él mencionaba los doce pasos y su propia liberación. Según su retorcida lógica, el asesino elegía a una persona para cada paso, pero hasta el momento solo se habían registrado once muertes, incluida la de Baco.

De pronto, Ronson consideró la posibilidad de que, debido a su estado mental, hubiera cometido un error en la cuenta, aunque resultaba poco probable en alguien tan meticuloso como este asesino. La otra hipótesis era que aún le faltara encontrar un cuerpo, una posibilidad inquietante que no podía descartar.

Capítulo 8

UN TRAGO AMARGO EN EL COMIENZO DEL FINAL

"Esa deliciosa embriagadora bebida, que podía alegrar el corazón, y empañar la mente"

Treinta y tres años atrás...

Dicen que el amor a primera vista es un mito, pero sí es cierto que puede encender una conexión profunda entre dos personas.

Todo comenzó en una soleada tarde de primavera, en un evento de degustación de bebidas, cuando Ariadna y Atamante se cruzaron por primera vez. Sus miradas quedaron atrapadas una de la otra desde el primer instante, desvaneciendo el resto del evento a su alrededor.

Atamante, intrigado por conocer más a esa enigmática mujer, esperó hasta el final de la sesión de degustación, acercándose a ella para invitarla a cenar.

Tras la primera cita, siguieron otras, como capítulos de una novela romántica que se desarrolla lentamente.

Cada encuentro consolidaba el vínculo entre ambos, con lo que gradualmente comenzaron a introducirse mutuamente en sus círculos sociales, avanzando un paso más en esa relación que tanto anhelaban.

Sileno, el amigo de toda la vida de Atamante, estaba radiante de felicidad por su amigo. Habían sido inseparables desde la infancia, eran como hermanos.

Sin embargo, la vida perfecta de Atamante pronto se vio empañada cuando Ariadna empezó a cambiar su actitud hacia él. A menudo cancelaba citas a último momento o lo evitaba e ignoraba por completo.

Atamante comenzó a investigar qué pieza del rompecabezas de su relación se había perdido. Lo que antes parecía una relación sólida comenzaba a desmoronarse frente a sus ojos.

Un día, mientras conversaba con Sileno acerca de sus preocupaciones respecto a su relación con Ariadna, este le sugirió una idea; llevarla a una fiesta que estaba organizando en su casa el próximo sábado, aprovechando así para estrenar el nuevo coche de Atamante.

La propuesta resonó en él como una luz en la oscuridad; convencido, fue directamente a la casa de Ariadna y le planteó la idea. Aunque ella apenas lograba ocultar su nerviosismo detrás de una sonrisa, aceptó con aparente entusiasmo.

El sábado siguiente, Atamante llegó a buscarla en su reluciente Cadillac azul.

Al detenerse frente a la casa de Sileno, mientras Atamante estacionaba el coche, Ariadna se bajó sin decir una palabra y se encaminó hacia la puerta sin esperar a que Atamante la siguiera. Esta acción desconcertó a Atamante, ya que nunca antes habían estado juntos en la casa de su amigo.

Ariadna al darse cuenta de lo que había hecho, quedó desorientada, como si estuviera atrapada en un laberinto sin salida.

-¿Cómo supiste que era esta la puerta?- Preguntó Atamante, tratando de entender la situación.

-Ahhh... ¿es aquí?- Contestó ella, con voz temblorosa, mostrando su nerviosismo.

-Sí, sí, toquemos el timbre- Respondió él, tratando de disipar la incomodidad que sentían ambos.

Al ingresar en la casa, Sileno los recibió con un fuerte abrazo, pero incluso su calidez no pudo disipar la tensión que flotaba en el ambiente.

La fiesta estaba en pleno apogeo; Ariadna y Atamante se veían como el primer día que se conocieron en aquel evento.

En el transcurso de la noche, el alcohol fluía y Atamante comenzaba a sentirse mareado, fue así que decidió tomar un momento para refrescarse en el baño y despejarse un poco, pero al regresar, Ariadna ya no estaba a su lado.

-¿Ariadna? ¿Dónde estás?, Fui al baño y ya no te veo por ningún lado...- Preguntó Atamante preocupado.

Entre la multitud, Atamante se sentía tan perdido como una aguja en un pajar. El sol comenzaba a asomarse en el horizonte, tiñendo el cielo de un rojo carmesí que parecía anunciar un nuevo día, pero para Atamante, la oscuridad apenas comenzaba a ceder ante la luz.

Preocupado por el destino de Ariadna, decidió explorar cada rincón de la casa en busca de respuestas.

-¿Ariadna?- Llamaba, mientras abría cada puerta en busca de su compañera.

De repente, escuchó unos gritos provenientes de una habitación. Con el corazón en la garganta, abrió la puerta y se encontró con una escena que lo dejó sin aliento: Ariadna y Sileno estaban juntos en la habitación, una situación que desafiaba toda lógica.

Revueltos entre las sábanas y con sus ropas desperdigadas por el suelo, fundidos en un beso apasionado.

Atamante, incapaz de articular una palabra, dio media vuelta y abandonó la habitación, sintiendo cómo el mundo se desmoronaba a su alrededor. Se dirigió a la cocina, abrió la nevera y se bebió de un trago una botella de vino casi entera.

Se enfrentó a una verdad que era más amarga que cualquier licor. La traición de Ariadna y Sileno, lo dejó sin aliento, sin palabras y sin rumbo.

Al ver que ellos no salían de la habitación; con la mente nublada por el dolor y el alcohol en su sangre, decidió marcharse.

Subió a su coche y partió de aquella tortuosa fiesta, aunque apenas podía mantenerse en pie debido a los efectos del alcohol que había consumido esa noche.

La carretera se convirtió en un mar de sombras y luces intermitentes, reflejos de un mundo que ya no reconocía.

El vino en su sangre, como un veneno que lo consumía desde adentro, le impedía ver con claridad, pensar con lucidez, y actuar con decisión.

Zigzagueaba por la carretera enceguecido por la bronca y la embriaguez, hasta que de repente un fuerte golpe lo volvió en sí, despejando su mente casi por completo. Había chocado contra otro coche y éste, tras el impacto, volcó.

Atamante, aturdido por el golpe, se encontró en un mundo distorsionado, donde las líneas entre la realidad y la fantasía se desdibujaban ante sus ojos.

Sin detenerse a pensar en las consecuencias, huyó del lugar del accidente como un fugitivo en la noche, ocultando su coche en las sombras de un edificio abandonado.

La verdad, como un cadáver enterrado bajo capas de mentiras, quedó oculta para siempre en las profundidades de su conciencia.

Nunca volvió a ver a Sileno y Ariadna; y así, Atamante se sumergió en la adicción, como un náufrago perdido en un mar de desesperación.

El vino, esa bebida de color rojizo oscuro generalmente tinto con fuertes notas de traición y dolor, se convirtió en su único consuelo, su única compañía en la oscuridad de la noche.

Pero incluso en medio de las sombras, una luz de esperanza brillaba en el horizonte. Atamante, con la seguridad de un hombre que se aferra a la vida, se embarcó en un viaje de redención, un intento desesperado por encontrar la paz en medio del caos.

Se unió a un grupo de Alcohólicos Anónimos y asistió durante varios años, hasta que finalmente su mente colapsó. El daño causado por el alcohol y su enorme dolor era irreversible.

Y así, en aquel último día, Atamante se levantó frente a sus compañeros de grupo, miró al coordinador y pronunció palabras que resonaron en el silencio de la sala.

-¡Eres un estafador! ¡Solo nos has llenado la cabeza de frases hechas, palabras vacías que ni tú mismo crees! ¡Estoy harto de escucharte!- Gritó con fuerza.

Luego, giró hacia sus compañeros de grupo, con una mirada que reflejaba el peso de sus propias batallas, y les dirigió las siguientes palabras que resonaron en lo más profundo de sus almas.

-Ustedes también me tienen harto, con sus historias y cuentos de superación, todo es una gran mentira... todo esto es insostenible! Me largo, pero cuídense, porque algún día volveré!!-

Y así, tras estas últimas palabras, Atamante se dio vuelta, pateó su silla y se alejó, cerrando la puerta con un fuerte golpe.

Capítulo 9

LLEGANDO A LOS 12 PASOS

Ronson y su equipo llevaron a cabo una exhaustiva inspección de la casa, explorando en busca de pistas que pudieran arrojar nueva luz sobre el misterio que rodeaba a Baco.

Al cabo de unos minutos lograron encontrar varias jeringas con residuos de vino en su interior. Este hallazgo, sumado al informe forense del cadáver de Baco, que presentaba múltiples hematomas de tonalidades violáceas en brazos y piernas, reveló que, además de beber vino, Baco en ocasiones posiblemente se lo inyectaba.

Entre otros objetos hallados, encontraron una pequeña caja que en su interior guardaba fotos de Baco en su juventud, junto con una mujer y recortes de periódicos antiguos.

Uno de estos recortes, con más de treinta años de antigüedad, reportaba un accidente de tránsito en el que un coche había perdido el control y había volcado, donde perdieron la vida dos personas.

En la habitación contigua, descubrieron estantes repletos de botellas de vino casero, junto con los materiales necesarios para su elaboración clandestina.

Durante la inspección, el equipo descubrió un coche abandonado en la parte inferior del edificio, cuyo color azul apenas era distinguible debido al paso del tiempo y la humedad del lugar, cubriéndolo en gran parte con óxido y polvo. Al ya deteriorado estado del vehículo se sumaba un fuerte golpe en un costado, lo que sugería que había sufrido un accidente, añadiendo otro elemento intrigante a la escena del crimen.

Un escalofrío recorrió lentamente la espalda de Ronson al asociar aquel vehículo de color azul deslucido con un fuerte golpe en el costado, y los recortes de periódico sobre un accidente que había dejado dos víctimas; encontrados dentro de la caja que Baco guardaba.

Su mente pareció retroceder en el tiempo, llevándolo de vuelta a aquel momento que cambió su vida para siempre, mientras resonaban las palabras de su madre en su cabeza:

"¡Cielo! ¡Ten cuidado con aquel coche, mira cómo viene!"

Después de tanto tiempo, Ronson había descubierto al fin lo que había ocurrido aquella fatídica mañana y quién era el responsable de ello.

Su corazón latía con fuerza mientras el peso de la verdad se asentaba sobre sus hombros. Treinta años de incertidumbre y dolor, ahora se desvanecían en la claridad de la revelación.

Aquel coche, testigo mudo de una tragedia pasada, se convertía en el eslabón perdido que unía los fragmentos dispersos de su historia.

La resolución de aquel misterio no sólo significaba el cierre de un capítulo doloroso en su vida, sino también la justicia tardía para sus padres, cuya memoria había llevado con él durante décadas.

Ahora, frente al desgastado vehículo, la sed de venganza cedía paso a una sensación de paz interior, sabiendo que finalmente había encontrado al responsable de su angustia y que, de alguna manera, podía comenzar a sanar.

La investigación tomó un giro sorprendente cuando descubrieron una serie de fotografías dispuestas en la pared, cada una acompañada de un número y comentarios; debajo de un gran título: *"Nuestro arte"*.

Estas imágenes representaban a las víctimas del asesino, identificadas por sus respectivos números correspondientes a los pasos de Alcohólicos Anónimos

Evidenciaban un estudio y conocimiento profundo por parte de Baco, de cada una de sus víctimas.

Y fue en este catálogo donde encontraron la pieza faltante del rompecabezas: el nombre que había sido eliminado de la lista, el número seis, se correspondía con una de las fotografías. La mirada impactada de Ronson se detuvo en la imagen de su compañero, Jack, cuya presencia en la pared confirmaba sus peores temores.

Jack había formado parte de ese grupo de Alcohólicos Anónimos hacía más de veinte años, un hecho que jamás había compartido con Ronson.

Aunque el modus operandi de Baco había sido distinto en el caso de Jack, debido a que lo asesinó con un arma en lugar de seguir su patrón habitual, Jack seguía siendo parte de su lista.

Ronson, recordando las palabras de Baco antes de quitarse la vida: "...y más viniendo de Jack...", junto con la enfermedad que mencionaba en su carta, comenzó a unir las piezas sueltas del caso.

Mientras navegaba en un mar de emociones desencontradas, sumido en una profunda reflexión, su mente se debatía entre múltiples pensamientos.

Por un lado, sentía la satisfacción de haber cumplido la promesa hecha a su difunto amigo y colega Jack. Sin embargo, esta dicha se veía ensombrecida por una tristeza abrumadora al comprender que su amigo había librado en soledad una batalla devastadora contra el alcoholismo.

Por otro lado, experimentó un alivio inmenso al haber rescatado a su amada tía Marta, el ser más querido en su vida. Su salvación había sido fruto de una búsqueda incansable, una cruzada en la que nunca permitió que el cansancio o la desesperanza lo vencieran.

Pero, por encima de todo, estaba el logro más trascendental: la verdad que había perseguido durante años. Finalmente, había descubierto cómo y quién había asesinado a sus padres aquella fatídica mañana de domingo, el día que marcó su vida para siempre. Este hallazgo no solo cerraba un capítulo oscuro, sino que le ofrecía la paz interior que tanto anhelaba.

Aunque resolver los tres casos le había otorgado un cierre necesario, la revelación de la tragedia personal de Jack dejó una huella imborrable en su corazón.

En la soledad de su despacho, Ronson se enfrentó a la dura realidad de la vida, donde la verdad a menudo es más sombría que la ficción y donde los secretos más oscuros pueden esconderse detrás de las máscaras más inesperadas.

12 PASOS ALCOHÓLICOS ANÓNIMOS

1. Admitimos que éramos impotentes ante el alcohol, que nuestras vidas se habían vuelto ingobernables.

2. Llegamos a creer que un Poder superior a nosotros mismos podría devolvernos el sano juicio.

3. Decidimos poner nuestras voluntades y nuestras vidas al cuidado de Dios, como nosotros lo concebimos.

4. Sin miedo hicimos un minucioso inventario moral de nosotros mismos.

5. Admitimos ante Dios, ante nosotros mismos, y ante otro ser humano, la naturaleza exacta de nuestros defectos.

6. Estuvimos enteramente dispuestos a dejar que Dios nos liberase de todos estos defectos de carácter.

7. Humildemente le pedimos que nos liberase de nuestros defectos.

8. Hicimos una lista de todas aquellas personas a quienes habíamos ofendido y estuvimos dispuestos a reparar el daño que les causamos.

9. Reparamos directamente a cuantos nos fue posible el daño causado, excepto cuando el hacerlo implicaba perjuicio para ellos o para otros.

10. Continuamos haciendo nuestro inventario personal y cuando nos equivocamos lo admitimos inmediatamente.

11. Buscamos a través de la oración y la meditación mejorar nuestro contacto consciente con Dios, como nosotros lo concebimos, pidiéndole solamente que nos dejase conocer su voluntad para con nosotros y nos diese la fortaleza para cumplirla.

12. Habiendo obtenido un despertar espiritual como resultado de estos pasos, tratamos de llevar este mensaje a otros alcohólicos y de practicar estos principios en todos nuestros asuntos.

MITOLOGÍA E HISTORIA GRIEGA/ROMANA

Dionisio, conocido como Baco en la mitología romana, es el dios del vino, la fertilidad, la vegetación y el teatro, hijo de Zeus y la mortal Sémele. Simboliza la alegría y el éxtasis, pero también la desconexión y la pérdida de control asociadas con el vino. Además de su conexión con el vino, Dionisio inspira la creatividad y el arte, enfrentándose a menudo al rechazo de mortales que no lo reconocen como dios.

Sileno, compañero y tutor de Dionisio, es una figura entrañable en la mitología griega, a menudo representado como un anciano ebrio que monta un asno. Conocido por su sabiduría y su humor, Sileno simboliza la naturaleza salvaje y la embriaguez dentro del culto de Dionisio. A menudo se le asocia con la celebración y el éxtasis, aportando un toque de vitalidad a las historias mitológicas.

Ariadna, la unión entre ella y Dionisio simboliza el paso de lo mortal a lo divino. Ariadna, abandonada y humana, encuentra una nueva vida y propósito al ser elevada a la esfera divina. Además, Dionisio, conocido por sus excesos y vínculos con el caos, encuentra estabilidad y amor en Ariadna.

Momo, es el dios de la burla y la crítica en la mitología griega, conocido por su capacidad para desafiar a los dioses y burlarse de los mortales. Representa la sátira y el sarcasmo, simbolizando la importancia del humor y la honestidad en la experiencia humana. Se le considera un crítico agudo que expone la hipocresía y la vanidad, lo que le valió ser exiliado del Olimpo por su naturaleza burlona.

Hermes, es el mensajero de los dioses en la mitología griega, conocido por su astucia, ingenio y su papel como protector de los viajeros y guía de las almas al inframundo. Hijo de Zeus y Maia, desde su nacimiento demostró su naturaleza engañosa al robar el ganado de Apolo, lo que le otorgó fama como maestro de la mentira y la persuasión. Su habilidad para el engaño le permite resolver conflictos y salir de situaciones complicadas.

Homero, es un poeta épico de la antigua Grecia, tradicionalmente considerado el autor de dos de las obras más importantes de la literatura occidental: "La Ilíada" y "La Odisea".

Cicerón, fue un destacado orador, político y filósofo romano del siglo I A.C., considerado uno de los más grandes exponentes de la retórica en la historia.

AGRADECIMIENTOS

Quiero dedicar estas ultimas palabras a todas aquellas personas que me han apoyado, que me han tendido una mano y que, con su cariño y motivación, hicieron posible que hoy este libro vea la luz.

Sin su ayuda, este sueño habría sido mucho mas difícil de alcanzar.

Gracias por creer en mi y en este proyecto. Cada pagina lleva un pedacito de ustedes.